푸른사상
시선

123

연두는 모른다

조규남 시집

푸른사상
PRUNSASANG

푸른사상 시선 123

연두는 모른다

인쇄 · 2020년 5월 16일 | 발행 · 2020년 5월 22일

지은이 · 조규남
펴낸이 · 한봉숙
펴낸곳 · 푸른사상사

주간 · 맹문재 | 편집 · 지순이, 김수란 | 마케팅 · 한정규
등록 · 1999년 7월 8일 제2−2876호
주소 · 경기도 파주시 회동길 337−16(서패동 470−6) 푸른사상사
대표전화 · 031) 955−9111(2) | 팩시밀리 · 031) 955−9114
이메일 · prun21c@hanmail.net /prunsasang@naver.com
홈페이지 · http://www.prun21c.com

ⓒ 조규남, 2020

ISBN 979−11−308−1671−5   03810
값 9,000원

푸른사상 시선 123

연두는 모른다

시(詩)의 행간을 붙잡고 최선을 다해 방황하는 밤, 주체할 수 없는 망설임의 내륙이 뜨거워 서둘러 목련꽃 성대를 식목한다 봄꽃을 넘어온 습한 인연들에게 화상이라도 입으면 언어의 성전에 닿을까 싶어서,

2020년 봄
조규남

| 차례 |

■ 시인의 말

제1부 우리는 가까워졌다 멀어졌다

사춘기	13
핀 현상 1	14
목새	16
바람의 각도	18
구름 사촌	20
달리아	22
새벽의 발골	24
경적	26
연두는 모른다	28
강철 지네	30
푸른 말	32
핀 현상 2	34
백일홍의 자리	36
러닝머신 위에서	38

제2부 어떤 꽃은 예쁘고 어떤 꽃은 곱다

장미의 과녁   43

뭉크의 거울   44

여자의 에덴   46

광명시장   48

여왕을 위하여   50

물팔매로 강을 건넌다   52

곱다   54

꽃의 이명(耳鳴)   56

쑥쑥   58

삼각형의 오심   60

냉동 찐빵을 데워 먹는 동안   62

담쟁이의 표정   64

초록의 내면   66

백면서생   68

제3부 간극과 간극으로 이어지는 층층

칡꽃   73

오나시스   74

숲이 풀려 나온다   76

김밥천국   78

저녁밥   80

비대칭   82

골목을 들어 올리는 것들   84

글썽이는 날개   85

고래를 고(顧)하다   86

하씨 고가(古家) 감나무   88

층층나무   90

아흔 번째 오월   92

액막이 북어   94

벽   96

제4부 깊은 소란이 환하다

그해 여름 돌멩이를 순장시켰다   99

세종기지 태극기는 누가 흔드나   100

거기 누구 없소   102

퀵   104

안녕하세요 쿠르베 씨   106

기계 종족   108

안식처에 관하여   110

맥놀이   112

옴마댁   114

바람난 발자국   116

물의 경련   118

난생설화   120

■ 작품 해설 중심 없는 세계에서 그리는
　　　길 찾기 – 진순애   123

제1부

우리는 가까워졌다 멀어졌다

사춘기

흰나비 애벌레가 허물을 벗은 자리

초경의 백합꽃 피었다

저 흰빛
가장 눈부신 것이 가장 어둡다

순박한 얼굴에서 이는 소용돌이
햇빛도 선뜻 다가서지 못한다

그림자 하얗게 엎지르며 강을 건너는 향기

맑은 물거울에 굴절이 인다

푄 현상 1
— 그린모기향

가다 보면 앞이 훤히 트이겠지
깜빡이는 불빛 따라 나선의 초록 트랙을 걷는다
돌아가면 모퉁이 또 돌아가면 또 모퉁이

내 몸이 타들어가는 줄도 모르고 가느다란 연기에 휘감긴
발자국이
흘러내리는 줄도 모르고

초원의 바람 끝에서
벽으로 사방이 막힌 공간에서
줄기차게 반복되는 노래를 비켜선 도시의 그늘을 밟는다
천천히

오래전의 모퉁이와 지금의 모퉁이 안쪽에 태아처럼 웅크
리고 있는 나의 중심

연약한 힘으로 받치고 있는
중심까지 태워버리면

세상 한가운데로 도약한 나를 만날 수 있을까

혹 불면 날아가버릴 토막토막 끊어진 회색 재를 지질학자처럼 진지하게 뒤돌아보다가 가만히 불을 끄고 열기를 식힌다

나를 끌고 온 가느다란 빛처럼 희끄무레 눈을 뜨는 동녘 하늘 올려다본다

누군가가 굴리고 있는 지구의 자드락길이 설핏 보이는 것 같아서

목새

모래 속에서 새 울음소리가 난다
비닐봉지 구겨지는 소리로 흐느낀다
지표에 내려앉은 충격
겹겹 주름으로 포개놓은 새
물의 날개로 날아와
시냇가 모퉁이 차지하고 있다
목새*라 했지!
까마득히 잊어버렸던 말
대대로 유전되다가
아무도 모르게 이지러진 말
주워 담으려면 주르르 흘러버린다
오랫동안 잊고 살아 서걱거린다
목새라 일러줘도
무슨 나무에서 사는 새냐 되물으며
낯설어하는
피가 식어버린 말이
어리둥절 섬을 만들어놓고 외로움 토해낸다

발가락 사이 파고들며 꼼지락 꼼지락 운다

사막의 기억이 뜨겁다

* 목새 : 물결에 밀리어 한곳에 쌓인 보드라운 모래.

바람의 각도

　목련나무 하얀 꽃망울을 가리키고 있다, 고양이가 생선가게를 노리고 있는 방향

　안절부절못하던 바람이 환풍구로 빠져나온다

　머리를 자르고 몸통을 자르고 꼬리를 잘라도 웅웅 소리로 맴돌다 시시각각 색깔 짙어지는 금강소나무 하늘로 한 걸음씩 다가간다

　보신각 종소리가 글썽이는 별들 쓰다듬는 기울기

　아침 이슬에 목을 축인 햇빛 머문 자리마다 베고니아 꽃 붉어지는 시곗바늘의 체위

　연지곤지 찍고 신행 온 할머니 얼굴
　가물가물하다는 할아버지
　높이 떠오른 보름달 우두커니 바라보다가
　차례상에 절을 하던 간절함의 각도다

갓 세상에 나온 푸성귀 쌍떡잎은 태양의 남중고도를 모르
겠다며 어정쩡하게 양팔만 벌리고 있어서

솜뭉치처럼 몸을 말고 있는 고양이 수염을 앙칼지게 **뽑**아
놓고

눌러도 눌러도 목젖까지 차오르는 설움으로 목련나무 하
얀 꽃망울을 북방으로 반쯤 돌려놓는다

구름 사촌

내 발도 하늘을 문질러본 기억이 있다
나무 이파리처럼 시원하게 흔들리며
하늘에 발자국을 찍어본 일이 있다
바람이 건들대며 쓰다듬고 지나가면
구름도 덩달아 내 발 슬쩍 신어보고
도망가던 자국이 자꾸 간지럽다
운동장 놀이기구에 몸을 기대고 물구나무섰을 때
아무리 참으려 해도
거꾸로 몰린 피의 무게
감당하지 못하고 쿵
내려왔던 하늘이 되돌아가 버리자
또다시 온몸 받히며 살아가는 내 발
지금도 이파리가 되었던 짧은 시간에 사로잡혀 살아간다
누워 뒹굴면서도 무심히 하늘을 더듬어보고
걸어 다닐 때도 바람을 느끼고 싶어 발꿈치 들썩인다

대낮에도 통로가 보이지 않아 눈물을 찔끔 훔치는 일도
최초의 천둥인 듯 크릉크릉 부르짖는 버릇도

내 속에 흐르는 구름의 피가 농간을 부리기 때문

발이 간지러운 가로수가 몸을 비튼다
아무리 걸어도 굳은살 한 점 박이지 않은
부드러운 초록 발
수많은 발바닥 활짝 펴 하늘을 닦는다

죽어서도 나비처럼 팔랑팔랑 날아다니고 싶은 발

달리아

정수리에 꽂힌 플러그가 수런거리던 불씨를 당겨놓는다
마당돌림 하는
누렁이 울음을 받아먹고라도
솟아오르고 말겠다는 푸른 줄기
밤낮으로 밀어올린 꽃잎들 까닭 없이 붉어
나의 가슴까지 뜨거워진다

꼭꼭 닫힌 대문 바라보는 누렁이 눈빛 따라
봉실봉실 피어 있는 탐스러운 불덩이
빈 마당 감싼 담장의 그림자 빨갛게 물들여놓는다

저 꽃 내부에
생채기 가시지 않은 봄볕 도사리고 있나
안과 밖 가리지 않는 바람이 뒹굴고 있나

까치가 머리 위를 선회하다 담장으로
내려앉기를 반복하여도

시작도 끝도 물음표뿐이라는 듯
힘없이 고개만 숙이고 있다가

어스름 속에서
단단히 꼈던 손깍지 풀어헤치는 대문 기척에

무거운 머리 치켜세우려고 하르르
기다림으로 피운 꽃잎 떨어뜨린다

모세혈관까지 뜨거워지고 싶은 나의 여름을
누렁이 눈물처럼 흩뿌리고 있다

새벽의 발골

선잠 물린 칼끝이 날을 세운다

붉은 아침
붉은 전등
붉은 벽
붉은 피
붉은 살 속에 숨은 뼈를 겨냥한다

뚝심을 단단히 세우다가
시절 모르고 토실토실 살만 찌우다가
휘어져버린 뼈
비틀거리는 뼈대를 지키기 위해
얼마나 콧바람 씩씩거렸던가
찬바람에도 밤낮없이 콧구멍 부풀렸던가

돼지꿈의 욕망과 새벽의 박명을 발굴하는 사내
엑스레이보다 정밀하게 샅샅이 뒤져
각을 뜨는 사내의 비지땀은

돼지 피울음을 닮아 비릿하다

충혈된 동공으로
팽개쳐진 비계까지 쓸어 모으는
사내의 내장은
꼬일 밸도 없이 텅 비어 있다

다시 환생을 꿈꾸는지
흐뭇한 미소 두른 돼지 머리 앞에서
흐느적흐느적 막걸리 몇 잔의 취기로
빈속 달래는 사내의 새벽이
아침노을에 희붐히 발골되고 있다

경적

길은 고무 밴드, 서두르면

갈증으로 목을 조이고

해찰하면 어지러운 현수막들

우리구서울시자살률최저2위4대악등치안성과평가10년연

속최우수아웃도어공장부도창고대방출고급오피스텔잔여분

할인분양……

출렁이는 발걸음 붙잡고 쭉쭉

늘어진다

전화번호 적힌 구직 광고

버스정류장 붙들고 버둥거리는

그 길에 갇히면

아르고스처럼

천지사방에서 번득이는 눈 살갗을 파고든다

빨리 걸으면 빨리

주위를 두리번거리면 천천히

생선 트럭에 귀를 떼어놓고 달아나면

약삭빠르게 발걸음 벗어놓고
앞장서는 발

예수도 부처도 아니면서 모두가 길 위에 난립되어 있다
길이 난립하면서 햇빛도 공기도
임자가 있다고 금을 긋는다
하루에도 수천 번씩
이 길이 내 길인가 저 길이 내 길인가 꽥꽥대는 자동차 경
적 소리
내 안에 압축된 기운 갈가리 찢는다
길이 아닌 것들이 길처럼
무단횡단을 감행하며 나의 하루를 바싹 조였다 늘려놓는
다

연두는 모른다

보도블록에 힘줄이 솟는다 밑동을 싸맨 플라타너스 봄기운 어쩌지 못해 쩍, 시멘트 자궁을 열고 타박한 새순 밀어낸다

익숙한 의자에 걸터앉듯 차가운 블록에 몸을 기댄 연두

마침표도 모르고 이음표도 모른다 가식이나 위선은 더더욱 모른다

국경을 넘어온 새의 노랫소리 머리 위를 맴돌 때 취객이 토해놓은 속 뒤집어쓰고

몸부림친 자리

노루 꼬리 해가 키를 늘려도 연두는 모른다 있어도 그만 없어도 그만인 군식구라는 것을

그래서 꼼지락꼼지락 주먹을 펴고 발걸음 내딛는다

노점상 리어카가 바람막이다

허리 부러져 나동그라지지 않도록, 행인들 발길에 차이지 않도록, 추위 가시지 않은 여린 잎에 봄볕 낭자하도록
경계주의보 긋는다

날마다 쑥쑥

실직한 쌍둥이 아빠 리어카 밑에서는 미혼모 여동생의 딸 연두가 해맑게 자라고 있다

강철 지네

스크린 도어가 열린다

왕지네 한 마리 입을 쩍 벌린다 꽉 들어찬 열기, 꿈틀거리
며 동굴 속으로 돌진한다 어둠이 내리면 슬며시 기어올라
툇마루 소스라치게 했던 순갑각 절지동물, 유리창 칸칸마
다 부라린 눈 쉭쉭 신음을 토해낸다 '이놈 먹으면 가뿐히 나
을 게다' 지네 가루 탄 막걸리 손가락으로 휘휘 저어 내밀던
할머니, 그 징그러운 누린내 억지로 들이켠 덕일까?

수많은 광고물들 지네 대왕에게 바친 처녀 휘감은 포승
줄 같다 가방을 끌어안고 자리에 앉으면 사진 속 마우스가
나를 클릭하며 공감 코리아 외치고⋯⋯ 축 처진 어깨에 삐
콤 · 씨가 필요하시군요⋯⋯ 지네 더듬이에 플러그 꽂은 스
마트폰이 얼굴을 들이민다 순식간에 감전된 나를 유리창이
복사하고 있다 발광하는 지네의 눈처럼 내 눈에도 다른 사
람들 눈에도 벌겋게 불이 들어와 있다

나는 늘 지네의 내장이 되어

먼 거리를 이동한다

내 속으로 들어온 지네가 스멀스멀

더듬이를 뻗어오면 스르륵

지하 어둠 속으로 빨려 들어간다

아가리에서 삐져나온 빛, 투명 유리 속으로 스며들어 불
안을 지우는데 먹성 좋은 지네 녀석, 밖으로 나가는 스마트
폰 민첩하게 낚아챈다

푸른 말

새로운 흙을 만난 모감주나무가 걸음마를 뗀다
얼룩이 가시지 않은 그늘 쪽으로
오른발 왼발 내딛는다

첫 발걸음은 배냇짓을 하던 모양
잎맥이 먼저 눈뜰 준비를 서두른다

어머니들은 팔목에 꼭꼭 묶은 끈을
아이들 허리에 묶어놓았지
공장 일을 하면서도 빨래를 개키면서도
아이들이 선을 넘을라치면
연결된 끈을 잡아당겼지

긴 끈에 매달린 눈빛이 허공 어디쯤으로 빗나갈 즈음
한 걸음 한 걸음 울음을 붙잡던 걸음마

"울음에도 힘 들어간다"

허리 아랫부분은 시계가 도는 방향으로 돌고

허리 윗부분은 시계 반대 방향으로 돌아

새벽을 아프게 흔들던 말

젖줄 무성한

붉은 열매 품은 밀어 같은 푸른 말

남에서 북으로 가져간 모감주나무

서늘한 시간의 끈 풀어낸다

흘러내린 발걸음 끌어올리는 건 한걸음부터라고

쾬 현상 2
— 폭염

하루치 나이가 버거운 종족들
쾡한 눈동자로 앉아 있다 출퇴근 시간도 아닌데
빈자리는 없고
대낮 삼복더위를 식히느라 부산을 떠는 지하철, 토막잠이
가파른 골짜기 넘느라 위태롭다
맥이 한 뼘 풀린 몸들이 발걸음 떼지 못해

폭염과 맞장 뜰 자신 없는 나는
지하 대형마트에서 신선식품 가공식품을 가리지 않고 주
섬주섬 실어 나르다가

토사곽란에 입을 다문 냉장고 어쩌지 못하고 지하 대형
서점 뒤적이면
구물대는 활자들 나를 뜨겁게 붙잡는다
미리 와본 무덤자리처럼 낯설어 저린 다리를 두들겨보다
가 자꾸 굽어가는 자세를 곧추세워보다가 어차피 지나칠 열
병 구간이라고 달래보다가

날이 저물어갈수록

숨어든 열기로 집 안은 숨이 턱턱 차오르고

늙은 에어컨 홀로 111년 만의 폭염을 받아내서

불면을 앓느라 눈이 벌겋다

떫은 푸념만 술주정처럼 저절로 늘어진다

백일홍의 자리

외곽을 맴도는 물소리 첩첩이 쌓는다

검버섯처럼 번지는 남루함 감추려고
화려하게 채색해놓은 노래의 덫
잔뿌리 엉켜가는 리듬에
햇살도 다가가지 못하고 맴을 돈다

저 답답한 노래
어떻게 자신의 둑을 넘어 골수에 닿을까

어룽거리는 눈망울 움켜쥐고
깜깜히 저물었나 하면 검붉어 있고
검붉다 못해 혀를 깨물었나 하면
맹장지 뚫고 나온 향기
모진 태생 동그랗게 가다듬는다

만조의 경계 그을 수 없는 남모를 수심이 깊다

벨벳 같은 보드라운 꽃결에
검게 타버린 노을의 아우성 황황(煌煌)히 부딪친다

열흘 붉어도 질 수 없다던 붉은 그늘
까무룩 까무룩 잦아들다가도
내 눈길 시큰해지도록
꽃자리 더듬더듬 찬란한 바람으로 일어선다

러닝머신 위에서

빠른 속도로 달리는 건 당신인데
가쁜 숨은 내가 몰아쉬지
치솟는 속도에 땀을 흠뻑 흘리지

당신과 내가 가까워지는 방식
같이 뜨거워지지만
각각의 방향으로 팽팽히 맞서는 방식
나는 당신의 불빛을 정면으로 바라보며 뛰고
당신은 도망치듯 내 등 뒤로 내닫고

달이 슬쩍슬쩍 태양을 힐끔거려도
밤의 경계를 절대 넘지 않는 태양처럼
당신의 궤도에 익숙해질 때까지
우리는 가까워졌다 멀어졌다

심장이 뜨거워질수록
이탈을 꿈꾸는 나의 시간도 당겨지지

사는 일도 죽을힘을 다해
땀을 흘리는 일도 죽을힘을 다해
달력의 칸칸을 지우며 당신을 밀어내는데
당신과의 거리는 그저 제자리
당신이 내쏘는 불빛 벗어나지 못하고
맴돌기만 하는 그냥 그 자리

제2부

어떤 꽃은 예쁘고 어떤 꽃은 곱다

장미의 과녁

가볍게 스치는 눈길에도 현기증이 인다는, 허공이 물속 같아서 숨 쉬기 버겁다는, 스스로 가시 물고 아픔을 맛본다는, 통증이 깊어지면 하늘과 내통을 시도한다는, 적막이 몸을 찌르면 허공을 빨갛게 물들여놓는다는, 겹겹 날개 활짝 펴고 날아갈 시간만 기다린다는, 가슴에 품은 불씨 맘껏 태워보지도 못한다는, 햇살도 찾지 않은 땅에서 새까맣게 타들어간다는, 꺾으면 꺾는 대로 비틀면 비트는 대로 살아간다는, 가느다란 햇살 걸치고 인형처럼 웃는다는, 바람의 방향으로 바싹 마른 몸 자꾸 굽어간다는, 앙상한 뼈대를 지탱해주는 건 제 몸을 찔러대는 가시뿐이라는, 이를 악물고 지피려던 불꽃 새까맣게 타들어간다는, 야윈 그림자 붙잡은 꽃잎 동그랗게 오므려드린다는,

장미의 과녁

뭉크의 거울

전파를 방해받은 텔레비전이 뭇 시선에 쫓기고 있네 열
연 중인 드라마 주인공이 속수무책 일그러지네 한쪽은 추
행을 당했다고 울먹이고 한쪽은 추행하지 않았다고 울그
락불그락

화면을 떠돌던 구름에 잔금이 그어지고 관절이 부러진 나
뭇가지가 날카롭게 달려드네

캄캄한 밤에도 불빛만 보면
눈을 번쩍 뜨던 거울 속에서
나도 모르는 버릇이 입술을 깨무네
선잠에서 깨어난 듯 눈을 동그랗게 뜨고
살 오른 바람을 부추기네

무수한 행성을 휘둘러본
경험이 많은 전파에
이마가 철탑처럼 뾰족이 일어서고
지그재그로 나누어진 코가

이탈된 목을 되돌리려고 몸을 비트네

깨진 투명의 통증이 내 표정과 얼크러지네
사람과 사람으로 이어진 굴뚝 연기가
채널을 갈아 끼워도 폴폴
비틀림 저울로 측정하는 세상에 휘말리고 있네

얼룩으로 허우적거리는 인기 절정의 드라마 주인공

곡비의 눈물을 받아먹은 듯 주룩주룩 흘러내리네 입에서
입으로 건너다니는 발정 난 소문이 그을린 얼굴을 흠뻑 적
시네

여자의 에덴

푸른 호스가 물줄기를 낳아요

한강이 번식시킨 백사 한 마리

높고 험악한 산맥을 넘어온

팍팍한 숨소리로

바위의 눈물로 흐르던 구슬픈 곡조로

긴 혀 널름널름 춤을 춰요

세상을 점령한 열기 두고 볼 수 없다는 듯

구기고 있던 몸 풀어내요

달콤함은 순간의 환상이었어요

냉기로 살아온 민낯

파충강(爬蟲綱)의 비밀을 알아버린 맨발이 고집스레 질퍽
거려요

하얗게 몽글거리는 훈김만 여자의 정강이 타고 올라요

몸에 새겨진 얼룩은 그대로인데 강으로 끌고 갈 초록을

정신없이 달려요

흔들리는 이파리예요 쓸리지 않는 초원이에요
초록 페인트로 치장하고
하늘바라기하는 옥상을 정신없이 휘둘러요
제 안에 쟁여진 소리를 다 토해내고
축 늘어질 때까지
불열로 치닫는 대낮을 흔들고 있어요

하얗게 드러나는 가슴팍 물병자리로
주둥이 쫑긋쫑긋
에덴을 향한 지구의 수차를 사무치게 밟고 있어요

광명시장

청소차는 골목을 씻어내려고 파고들고, 나는 어두운 귀
씻어내려고 버둥거리고 그래도 귀는

광명동굴처럼 깊어서 울림소리만 자꾸자꾸 키워나가고

골목도 어둠에 멱살 잡혀 꼼짝하지 못하고

역귀처럼 떠도는 이케아*가 어룽대서 상인들은 햇살이
쨍쨍한 날도 앞이 보이지 않는다고 눈을 비벼서

밤을 깎는 아낙은 굽어가는 허리로 어두워지고

과일 파는 사내는 검은 손자국으로 어두워지고

잠이 베개를 붙들고

출구가 보이지 않는다고, 응답이 없다고

드럼 치는 소리로, 주린 배 움켜쥔 일벌들 날개 떠는 소리

로, 전신을 쑤셔대며, 중심을 지워가며, 양쪽 귀로 우는 밤
에

　귀를 잘라낸 고흐의 광기로 못을 치듯 쾅쾅 새벽빛 끌어
들이는 광명시장

　* 이케아 : 외국계 대형 가구 매장.

여왕을 위하여

신세계를 찾았어. 부추꽃 화분 치워진 옥상에 초록이 싱싱하게 펼쳐졌어. 페인트공이 붓을 휘두른 자리에 커다랗고 낯선 꽃이 달콤한 페로몬을 마구마구 내뿜어. 초신성이 지우기 전에 좋은 꿀을 선점해야지. 날개를 파르르 떨며 달콤한 꽃가루를 채취해야지.

저건 꽃이 아니라고?

누가 그런 김빠지는 소리를 지껄이는 거야. 우린 그런 걸 따질 겨를이 없어. 전력투구를 다해야 여왕님의 긴긴 겨울을 준비할 수 있으니까. 불꽃 매단 로켓처럼 엉덩이 치켜들고 긴 대롱 가득 꿀을 채워야지.

누구야?

경화제의 위험을 경고하는 자는. 저 초록이 페인트로 피운 헛꽃이라고 우기는 자는. 무슨 근거로 휘발성 유혹에 날개가 꺾일 거라고 선동하는 거야. 그런 일침은 우리의 무기

이자 전유물이거든. 일벌들의 타고난 근면성실로 어서 꿀을 따내야지. 여기도 쿡 저기도 쿡 처박히는 무덤 자리가 우리들의 일터잖아, 반짝이는 옥상에서 현란한 날갯짓을 펼쳐 보여야지. 여왕을 위하여. 여왕의 로열젤리를 위하여.

물팔매로 강을 건넌다

데우칼리온이 던진 돌은 남자가 되고
피라가 던진 돌은 여자가 되었다*

돌멩이는 진정 사람이 되었을까

그래서 내 발걸음이 늘 무거운 것일까

손에 쥐고 있는 돌멩이가 흩어진 숨을 고른다
휘슬 소리 기다리는 계주 선수처럼
강을 건널 발이 뜨거워진다

자세를 낮추고 힘껏 던진다

무수히 밟히고 차이는 게 삶이라면
망설임 없이 떠나겠다는 듯
뛰며 날며 강을 건넌다

물수제비로 허기를 때우며

맞은편 풀숲으로 흔적 감춘다

돌멩이는 그렇게 살아왔을 것이다
절벽의 비명 품고 험한 길 달려왔을 것이다

길을 가다 마주쳐도 무심히 지나칠
딱딱한 감각 빠져나간 자리가 허허롭다

동글납작한 돌멩이 다시 집어든다

호흡이 가팔라진다

* 그리스 로마 신화에서.

곱다

은은한 염료가 사려 담은 빛의 가닥이다
감빛 노을이 아니라
다소곳이 물든 복숭앗빛 노을

모든 꽃들은 예쁘다 해놓고 다시 수정한다

어떤 꽃은 예쁘고
어떤 꽃은 곱다

'곱다'는 '예쁘다'보다 여운이 깊다

바람에 걸러지고 파도에 씻겨
거친 것은 모두 쓸려 나간
팔순 넘은 노인이 참 곱다
알맞게 휘발된
엷은 햇살 같은 주름살이 부드럽다

서릿발에 떨던 시간 자분자분 녹아

아련하게 스며든 자리

그늘을 곱게 껴입은

잔잔한 물결 아른거린다

알게 모르게 물들고 싶도록

과하지도 모자라지도 않게

잘 버무려진 세월이 하도 고와

파도 일렁대던 내 마음 유순해진다

꽃의 이명(耳鳴)

장광설이 아등바등
서로가 부딪치는 아니,
일방적으로 당하는 귀가

수십 년 담은 소리 부패해 세상 소란 더 이상 듣지 않겠
다고
소리로 소리를 막아버리던

정신마저 흐려진 할머니

어두운 귓속에 갇힌 포로들이
세상 바람 그리워 발버둥치듯
꽃 벙그러지는 소리 들린다고

퍼내지 못한 말에 싹튼 가지를 치켜든다

사랑을 고백하지 못한 냉가슴

드르륵드르륵 뜨거움을 굴린다

밤낮을 가리지 않은 암괭이처럼
쭈그리고 앉아서

쑥쑥

쑥은 내 뿌리, 잘라내도 끈질기게
새잎 밀어 올린다

나물이라 하는데 무쳐 먹을 수도 없는 것
약이라 하는데 들녘에 지천인 것

참쑥, 개똥쑥, 사자쑥, 제비쑥, 황새쑥, 싸자리쑥, 뺨대
쑥…… 봉호, 애자, 애엽, 내 별명 뜸쑥까지

쑥,

하고 발음하면
어머니의 자궁 밖으로
머리부터 내밀었을 뜸쑥이 생각난다
눈도 뜨기 전에
세상을 보려 했던 성급한 머리
좌충우돌 부딪쳐도

고개를 빳빳이 치켜세우고 살아간다

이른 봄 파릇파릇한 쑥을 캘 때마다
웅녀 할머니 머리에 칼을 들이대는 것 같다

거룩한 후손을 번창시키기 위해
백 일 동안 찌꺼기 나오도록 씹던
쑥의 통증이 일어선다

쓰디써도 뿌리만은 잊지 말라는 듯
짙은 향내로 쑥쑥 머리를 내민다

삼각형의 오심

너도나도 구석 자리란다 꼭지각이 아닌 바닥이고 변두리
란다

분명 꼭지각이 존재하는데 그 정체가 모호하다

세상은 자기장이 가득해 비행기도 선박도 물결로 만드는
버뮤다 삼각지대 오심을 감추려고 윤슬만 가득 뿌려놓는다

꼭지각을 찾아내려면 파도의 뿌리를 단단히 내려야 하나
최초의 출발선을 따라 차근차근 되짚어 가보아야 하나

쾌속정을 타고 가면 닿을 수 있을까
홀로 높은 물살 거슬러보지만 물보라에 흠뻑 젖어 부등변
도 빗변도 보이지 않는다
아무리 몸부림쳐도 벗어날 수 없는 무량한 물기슭
침묵은 조용해질 수 없어 앙상한 몸 열어놓고 어룽대는
눈물만 닦아내고 있다

수심 : 허공까지 끌어당기는 중력

내심 : 밑변 거머쥔 검은 손

외심 : 언변이 뛰어난 앞잡이

무게중심 : 사라진 것들 안부 평미레질하는 명장(名匠)

방심 : 아득한 수평선 튕기는 악사

저 현란함에 현혹되지 않으려면 꼭지각이 손을 들고 나올
때까지 먼 산 끌어와 파고드는 척

냉동 찐빵을 데워 먹는 동안

찐빵을 데워 먹는 일은 나의 오래된 버릇, 달궈진 솥에 찐빵을 넣고 기다리는 시간을 즐긴다
제·빵·사·처·럼

빵이 데워지는 동안 나는 쥐라기 시대로 달려간다
핏빛 노을 속에 욕망을 산란하던 기억 불러들인다
마지막 비명으로 터져 나온 말랑한 찐빵
몸속의 가난을 모두 씻어낼 것처럼
도시 한가운데서 부풀어오른다
애절한 울음소리만은 부화시키지 않겠다는
서툰 다짐이 무럭무럭

빵을 품은 솥에서 달콤한 바람이 새어 나온다 밭고랑에 숨어 소피 보던 중생대 밀밭 풍경으로 쉬쉬거린다
수수억년 묵은 허기를 한꺼번에 채워줄 듯 집안 가득 진을 친다
본래보다 더 말랑해진 찐빵
야성의 턱이 움찔거린다

쥐라기 시대부터 진화한 먹성 좋은 이빨이 근질거린다

소피 보는 척

밀밭 풍경 먹어치운 습성으로 새하얀 속살 찢어놓는다

맑디맑은 태초의 빛이 목울대로 달콤하게 넘어진다

갑자기 두둑해진 뱃속이 꿈틀거린다 또 무언가가 자라나
고 있다 무한의 부피로 번식하는 욕망

무·겁·다

담쟁이의 표정

더 이상 나아갈 수 없는 곳에서는
교묘히 턱을 넘어야 한다

벽과 맞닥뜨린 담쟁이
손가락 벌어 얼기설기 그물을 친다
섬모처럼 돋아나는 아픔

단단한 벽에 구멍이 뚫려도
그물벽을 턱 삼아 허공을 넘겠다며
필사적인 계절의 정점을 향해 치닫는다

높이 올라 신선한 공기 흠뻑 들이마셔도
발걸음 내딛는 줄기의 핏발은 검다

저마다 타고 오르는 방향이 달라
일제히 손바닥 신호 따라 구불구불

뜨거운 태양에도, 차가운 달빛에도

끄떡없는 표정
오로지 한길을 향해 간다

맹지에 갇힌 듯해도 두리번거리다
다시 뻗는 손가락에서
연둣빛 촉수 반짝반짝

때만 되면 신생처럼 연단에 우뚝 서서
기염을 토해내는 저 푸른 입들

초록의 내면

이른 봄날 누렇게 익은 호박이 솟았다
앞산 줄기 아늑한 곳에
덩그마니 자리 잡았다
산소호흡기로 연명하던 날들 끊어내고
뒤도 안 돌아보고 들어가 버린 고모부
네 살 난 아이는
할아버지 빨리 나오라며
막대기로 호박 옆구리 후벼팠다
파헤쳐진 호박에서 향긋한 흙냄새가 풍겼다
오이, 토마토, 가지, 주렁주렁 가꾸다가
호박 속으로 들어가
배를 쑥 내민 고모부
이승에서 지고 간 마지막 짐이라는 듯
불쑥 엎어놓은 호박이 조용하다

죽는다는 것은
살아온 길을 거꾸로 돌리는 것인가
초록으로 맺혀

누렇게 익어가는 게 아니라
누렇게 태어나
초록으로 익어가는 것

달콤한 잠으로 농사를 지을 고모부
꽃이 피면 단물을 허벅지게 퍼주는
벌 나비 화전놀이를 경작할

백면서생

은신처를 찾는 혹은 비행을 꿈꾸는 날개의 출몰이다
서당에서 글줄깨나 읽은 목청을 가진
보호색 일변도 고수는
나무에 납작 엎드려
하늘로 날아오를 것인가 지상을 활보할 것인가
강속구 울음으로 세상을 진단한다
숲과 빌딩을 엮어놓을 궁리가 한창인 여름이 다급해지도
록
이천오백 날 어둠을 먹고 키워온 맴
땡볕마저 숨이 턱턱 막히는 맴맴
지구의 귀청을 찢어놓고도 남을 맴맴맴
삼천 년 넘은 측백나무가
대만성 아리산에 시퍼렇게 살아 있다는데
어찌 자신의 환한 일생은
고작 열나흘이냐고
집 한 칸 없이
이 나무 저 나무 옮겨 다니다 마침표를 찍어야 하느냐고

오르트구름을 휘저으며 태양의 히스테리를 물고 늘어지며

울음 하나로 천공을 뚫고 있다

제3부

간극과 간극으로 이어지는 층층

칡꽃

깊은 땅속 어둠을 관통할 때마다 굳은살과 티눈이 빼곡히 들어차
아킬레스건까지 굳어간다

발가락 마디마디에 새파랗게 질린 피멍울이 내려앉아야 칡꽃 고운
여름의 끝자락이 오고

얽히고설킨 넝쿨 어쩌지 못한 보랏빛 향기가 힐끔힐끔 가파른
산을 넘는다

오나시스

도심을 누비던 화이트칼라가 기선을 잡았습니다

하얀 꽃으로 닻을 올린 일만 평 바다를 운항합니다 조수
간만 차이에 촉각을 세우는 요즘은 순풍입니다

물고기 눈망울 같은 열매가
옹송그리던 때가 엊그제인데
멧비둘기 신음 파고든 자리마다
황금빛 보름달
푸른 잎에서 차오르는
그늘의 단맛
묵직하게 끌어내립니다

태풍이 군홧발 소리로 진군하던 밤, 몇 번의 어둠에 흠뻑
젖고서야 가장 큰 풍해(風害)는 자기 내부에 있다는 걸
깨달은 항해사

새들이 둥지 사라진 나뭇가지에 다시 집을 짓듯 초토화된

상처를 홀로 다독입니다

　날마다 찾아온 햇살은
　잡풀들 표정만 살피고 가서
　한가위 둥근달마저 먹구름에 가려져 있습니다

　우박 맞은 배들만 주렁주렁 정박한 가지

　원시림이 병풍처럼 둘러선 과수원을 바다라 읽는 나는 경
력 삼 년 어설픈 항해사를 선박왕, 오나시스라 부르고 있습
니다

숲이 풀려 나온다

볼일을 보다가 두루마리 화장지를 풀어낸다
또르륵 또르륵 숲의 피륙을 풀어낸다
무성히 감겨 있던
여름이 풀려 나오고 가을이 풀려 나오고
겨울이 풀려 나오다가
휴우
절지선을 넘어 주춤주춤 봄이 풀려 나온다

덩달아 낮은 곳에 주저앉은 꽃들이
쪽빛을 뽑아낸다 보라를 뽑아낸다 주황을 뽑아낸다 빨강
을 뽑아낸다

도르래가 돌아간다
잠을 잘 때도, 걸어 다닐 때도, 밥을 먹을 때도,
사람이 죽어도 돌아간다

동그랗게 감겨 있는 두루마리 화장지를 풀어낸다
나의 가장 은밀한 곳에서 물들기 위해 숲이 풀려 나온다

똬리를 틀고 앉을 듯 길게 풀려 나오더니

금세 사라져버린다

또르륵 또르륵 소리가 풀려 나온다……, 풀려 나오지 못

한다

도르래가 돌아간다

일정한 속도로 숲을 풀어내기 위해

김밥천국

여섯 살 아이가 천국이 뭐냐고 물었다
착한 사람이 죽으면 가는 곳이라고 했더니
한참 고개를 갸우뚱거리다가
그곳이 어디에 있느냐고 또다시 물었다
나는 대답이 궁색해 입술을 깨무는데
"아! 알겠다, 김밥천국이 있지"
아이는 손뼉까지 치며 기뻐했다

아, 그렇구나
아이도 알고 나도 아는 곳에 천국이 있었구나
교회에 다니지 않은 나는 살아서나 죽어서나
김밥천국에 가야겠구나

김밥을 수북이 쌓아놓고 큰소리 떵떵 치며
세상을 먹여살릴 수 있는 곳

김에 찰싹 달라붙은 밥알이 되거나
단무지나 햄이 되어도 좋을 것이다

맛깔난 다른 부속물이어도 상관없지만
안쪽으로 들어가
꽃심지가 되면 더더욱 좋겠다
심지 깊은 천국의 아름다운 주인이 되면

저녁밥

철재 기둥은 안테나다
지나가는 발자국 소리를 모으는 집중국이다
더덕 파는 할머니
몸을 기대어 졸고 있어도
하릴 없이 기웃대는 소리와
물건 진단하는 소리를 분별해 타전한다

언제 졸았냐는 듯

검은 진이 박힌 손대중이 삶의 눈금을 저울질한다
덤으로 더덕 한 뿌리를 더 넣었다면
한 근 값에서 오백 원을 깎았다면
할머니의 굽어가는 허리를 더 낮추는 허기와 공범자다

할머니에게 시간은
행인들의 발자국 소리에 느리거나 빠르게 온다

불빛을 외면한 어두컴컴한 난전

영감님처럼 기대던 철재 기둥도
전통시장 셔터 내리는 소리에 불을 끈다

더덕 껍질을 고분처럼 쌓아놓고
전방 없는 어둠 속으로 향하는 할머니
솔솔 풀리는 더덕 향기가 저녁밥을 재촉한다

비대칭

나의 왼쪽이 불거진다 지하철 계단을 오를 때면 습관으로 굳어진 좌측통행이 난타의 층을 쌓고 왼쪽으로 뒤척이는 잠이 불어나고 저린 왼발이 뻗쳐오른다 왼쪽에서 기숙하는 편두통이 쾅쾅 망치질을 하여도 꿈쩍 않는

오른쪽 수저질이 나를 먹여살리고 오른쪽 칫솔질이 허물을 씻어내고 친구들과 논쟁이 벌어지면 오른쪽만 불쑥 튀어나온다

전체를 모르고 늘 반쪽씩만 작동하는 나

한쪽은 절름거리며 걸인을 보는데 한쪽은 슬그머니 고개를 돌려버린다

반짝이는 눈도 오른쪽과 왼쪽이 다르다

모로 누운 잠이 흔들리고 깨금발이 폴짝거리고 날 선 신

경이 낱낱이 흩어져도

　가늘게 뜬 오른쪽 눈은 밖을 힐끔거리고 동그랗게 뜬 왼쪽 눈은 방 안으로 슬그머니 기울어진다

　같은 시간 같은 공간에서 벌어지는 요상한 역성 기울기

　사이좋게 함께 가자는 합의도 중도도 모르고 좌우로만 나뉜 나는 좌파인가 우파인가

골목을 들어 올리는 것들

계단마다 상처투성이다 부서지고 깨어져 떨어져 나간 잇
바디마다 숭숭 바람이 들고 난다 이 길 오르는 동안 꺾어진
계단 닮아가는 아낙 누군가 휘어지려는 허리 밟고 오르나
뼈마디 욱신거리는 소리 두터운 난간처럼 둘러선다 주저앉
은 하늘에 이마주름 짓눌렸다 펴지던 계단이 날개 모양이다
저 아래 바닥부터 산정까지 날개와 날개를 이어놓았다 시멘
트에서 떨어져 나온 모래들이 몸을 비비며 우는 골목길 구
부렸다 펴는 날개의 연대기 층층이 쌓여 있다 해 떨어지면
어둠이 가장 먼저 찾아드는 마을 상처 입은 부리로 켜놓은
등불이 하늘을 환하게 밝혀주는 곳 어스름 속으로 묻히는
숨소리가 둥지 야무지게 떠받치고 있다 깃털 위에 지어놓은
집 흔들리지 않도록 꺾어지고 꺾어져 계단이 된 날개들 해
져 너덜거리는 골목 들어 올리고 있다

글썽이는 날개

투명인간 취급을 받던 아이가
옥상에서 날개를 활짝 펴고 날아올라
새의 넋이 되었다

너무 일찍 새가 되어버린 아이
나는 차마 그 영혼을 위무할 수 없어

허공에 새긴 새의 발자국 더듬어
반짝이는 별 하나와 눈을 맞춘다

금세 쏟아져 내릴 것 같은
글썽이는 눈망울

새의 날개는
깃털 속에서 예민하게 떨고 있는 신열이다

고래를 고(顧)하다

어느 원시부족은 고래가 몰아주는 물고기를 잡아 생계를
이어간다는데

인도네시아 라마레라 원주민들은 작살을 던져 새끼 고래
를 잡는다 모성애가 지극한 어미 고래는 새끼가 떠난 자리
를 맴돌다 결국 작살에 꽂힌다

해산하고 미역을 먹는 고래를 보고 우리네 산모들도 미역
국을 끓여 먹기 시작했다는데, 나도 아이를 낳고 미역국으
로 허한 속을 풀어내서 고래 등 같은 기와집을 꿈꾸다 고래
싸움에 새우등 터지는 일을 당하기도 했는데, 그래도 포경
선을 타고 장생포 앞바다로 나아갔는데, 고래를 만나는 일
은 선택된 사람만이라고 말하는 선장

나는 선택된 사람이 되기를 두 손 모아 빌고 또 비는데

고래도 작은 몸집으로 육지를 보행하던 시절이 있었다는
데, 연오랑과 세오녀는 고래를 타고 일본으로 건너가 왕과

왕비가 되었다는데, 좋은 일을 하고도 걸핏하면 죽임을 당한 고래는 영영 바다로 떠나고 말았다는데

　물결을 뒤지던 외로운 등이 허공을 밀어올려 먼 육지를 훔쳐보기도 한다는데, 숨을 내쉬는 척 파도로 뒤척이다가 가슴 후벼 파는 울음을 바다 가득 풀어놓는다는데, 마지막엔 해변으로 찾아가 죽음을 맞는 고래도 있다는데

　뱃전으로 뛰어오를 듯 퍼덕이던 고래들이 바다 깊숙이 잠수해버린다, 언감생심 장생포 앞바다 넘보지 말라는 듯

하씨 고가(古家) 감나무

어디 주저앉고 싶은 날이 하루이틀이었겠습니까 요요한
달빛 따라 떠나고 싶은 마음이 없었겠습니까 천둥번개에 놀
라 땅속 깊이 숨어버리고 싶어도 하연*의 효심이 눈물겨워
그토록 강퍅한 세월을 견디셨습니까

바람 소리로 피리를 불다가 북북북 북을 치다가 오늘에
닿았는지 소름 같은 이끼가 파릇파릇 돋아 있습니다

자그마한 노구로 이끼를 품기 위해 싱싱한 이파리 팔랑대
며 꼿꼿이 서 계십니까 혹시 해거리라도 하면 뻐꾸기 울음
으로 핀 꽃자리가 허전해 보잘것없는 열매라도 맺어놓았습
니까

산그늘이 쉬어가는 가지를 사방으로 열어놓고 눈이 새파
래지도록 남사 예담촌 지키시면서 발치를 갉아먹는 생쥐와
풀벌레들의 음모를 어이해 발설하지 않으십니까 시시때때
로 우왕좌왕 흔들리는 것은 고가(古家) 떠난 사람들 발길 되

돌리고 싶어서입니까

　지독한 더위를 누르고 장맛비가 촉촉이 내리고 있습니다
싸늘해지는 날씨를 업고 또 한 번 고가(古家) 밝힐 예감의 등
불을 환하게 내걸어 보시겠습니까

* 하연(河演) : 부모를 위해 감나무를 심었다는 고려 말 원정공(元正公)
　하즙(河楫)의 손자.

층층나무

그 나무를 보면 계단이 떠오르지

황산 오어봉 등반길을 다시 만난 듯

딛고 올라설 생각부터 하지

내가 닿아야 할 곳이 머리 위에 있는 것처럼

마냥 꼭대기만 동경하지

간극과 간극으로 이어지는 층층

마지막 계단까지 올라서면

암울했던 세상살이 환해질 것 같은 층층

허공을 그러모아 피워놓은 그 나무에선

도무지 계단을 찾지 못하지

높이 오르던 꽃들이 하얗게 뛰어내리는 광경만

무수히 목격하지

누군가는 내 머리 위에 있고

누군가는 내 발밑에 있다는 것도 까마득히 잊어버리고

페로몬 뒹굴던 자리 올려다보고 또 올려다보지

빛바랜 다세대주택이 알은체할 때까지

두리번두리번 계단만 찾다가 돌아서게 하지

아흔 번째 오월

어머니는 두꺼운 오월을 지나신다
호흡 한 걸음
호흡 두 걸음
어두운 레일에 깡마른 뼈를 얹고
주춤주춤

얼마나 단단한 어둠이었으면
가만히 누워서도 발톱이 휠까

얼마나 발가락이 아팠으면
자를 수도 없는 두터운 발톱으로 감싸고 있을까

마른 입술에 삐죽 솟은 핏물이 엉킨다

호흡 한 걸음
호흡 두 걸음
겨우 난바다를 벗어났는데
세월의 중력에 눌린 어머니

철없는 라일락꽃이
어버이날을 꺾어 들고 까르르르
불을 켜도 어두운 오월

위태로운
한 호흡, 또 한 호흡
종일 떠도는 냄새를 앞세워
어디로 가시는지
이따금 가느다랗게 눈을 뜨고 레일 위에 걸터앉는다

가쁜 숨 구간을 지나면 종착역이 있을까

액막이 북어

소나무 가지에 매달려 울음 안쪽을 깨무는 북어
밤낮없이 추는 살풀이춤은
누구를 위한 몸부림이지
허공은 바다가 아니야
네가 내려다보는 곳은 복수초 노랗게 피어 있는 들판이야
야산 산책길 휘돌아
정오의 늪골을 한참 거슬러 올라도 너른 바다는 나오지
않아
함부로 그림자 부려놓고 복수초 꽃술을 탐하지 마
바다의 기억이 증발하기 전에
번제의 사슬을 끊어버려
남의 고를 풀어주기 전에
너의 고부터 풀어내야지
나뭇가지에 묶인 무명 실타래를 잘라내고
말라비틀어진 눈동자에 간간한 물기를 머금어봐
바싹 마른 이름을 버리고 퍼덕거리는 명태로 돌아가

지느러미 활짝 펴고 푸른 파도에 오르면

그립고 애틋한 식솔들이 함께 어울려줄 거야

그날이 멀지 않았다는 듯 너는
힘껏 날아갈 태세로 꼬리지느러미를 흔들고 있어

허공을 물결 삼아 출렁이고 있어

벽

힘없는 이들 밤이 낮의 생기보다 높은 물결로 일어선다
광장의 파도로 백만 톤 이백만 톤 몸집을 늘린다

한 손엔 아이의 손을 한 손엔 촛불을 들고
하나가 된 입김을 나눠 마신다
무릎에 덧댄 핫팩이 식어가도 스크럼을 짜며 전진한다

고사리 같은 손에서도 미래보다 먼저 뜨거워진 촛불
먼 훗날 혼탁한 열기와 마주쳤을 때
희미한 기억 붙잡고 또다시 예민해질까

사방에서 광장을 가뒀다 방사하고 가뒀다 방사하는 벽

익명의 손이 내 뒤통수를 노려도
목이 터져라 벽을 밀어내는 밤
오징어 먹물이라도 토하고 나면 광장 홀로 깊어질까

제4부

깊은 소란이 환하다

그해 여름 돌멩이를 순장시켰다

오래된 일기장에서 어머니 밭을 매고 계신다 주인은 밥하러 들어가고 혼자서 유월의 뙤약볕을 맨다 내게 입힌 체육복 대신 벌겋게 무르익는다 머리에 두른 타월로 그늘을 만들어보지만 한사코 뜨겁게 내려쬐는 햇살, 잡풀도 갈증이 나 어깨를 늘어뜨리는데, 호미도 발광이나 통통통 튀어 오르는데, 나는 냇가에 앉아 돌멩이 집어던져 가슴의 뼈 뽑고 또 뽑아낸다

건너편 비포장도로를 흔들며 하루에 한 번 다니는 버스가 지나간다 부서진 먼지로 일어선 돌멩이들 시골길 뿌옇게 감아올린다 천 길 물속으로 순장되었다가 버스 꽁무니 붙잡고 도시를 향해 달려간다 뒤도 안 돌아보고 뒤도 안 돌아보고……

세종기지 태극기는 누가 흔드나

야외 전광판에서 고등어 떼 와르르 쏟아진다
끌어올리던 그물이 터졌나, 하고
(다시 보니 펭귄)

생선가게에 하얀 배 볼록하게
드러낸 펭귄들 즐비하게 누워 있다
날개 속에 은밀한 알이라도 품었나, 하고
(다시 보니 고등어)

남극에서 떨어져 나온 유빙들
고등어를 가운데 두고 배수진 친다
찔끔거리는 눈물로 스티로폼 상자 흠뻑 적신다
겨드랑이 조정하며 물결로 출렁이던 비린내가
폭염을 등에 업고
바다를 늘어지게 풀어놓는다

등을 맞대고 나란히 누운 저 푸른 몸들은
전생에 펭귄의 이종사촌이었을까

맨몸으로 눈보라 감아내던 종족들이
흘러내리는 빙산을 밀어 올리려고
고등(孤騰)에 닿았을까

날개로 진화한 지느러미가 남극을 점령했듯
되똥거리는 걸음이
헐거워진 도시를 긴장시킨다

살아서도 감아보지 못한 눈
죽어서도 멀거니 뜨고
흐르지 않겠다는 것과 흐르려는 것이
팽팽한 줄다리기를 하고 있다

태양의 눈까지 시퍼렇게 만드는
남극의 적통이라는 것도
세종기지 태극기 흔드는 일도 까마득히 잊은 채
후끈거리는 도시를 노려보고 있다

거기 누구 없소*

못은 태연무심 감추기 위해 벽에 박힌다

머리를 얻어맞고 어두워지면
천 년 전에 죽은 대장장이 시간에 불이 붙는다

어느 암흑기에 엿본
어설픈 추측 난무한 세상 끌어안고
빛을 모르는 것처럼
조용히 벽의 내력 읽어 내리면
깊은 소란이 환하다

두꺼운 어둠을 관통한 빛이 더 찬란하다고
몸을 비틀면 비틀수록
구멍은 점점 헐거워지고
기둥으로 우뚝 서있던 지난날의 기억에 울컥
자신도 모르게 뛰어내린다

고해성사 한 번 못한 짤그락 소리 이미 닳아 있다

일어서지 못한 고요를 더듬더듬
녹슨 집안의 옆구리를 붙잡은 채
터져 나오는 쉰 목소리

거기 누구 없소

* 한영애의 노래 제목.

퀵

속도가 분리된다 날카로운 굉음 소리로 해체된다
가속을 이기지 못해 넘어진 바퀴가 공회전을 하고
공중으로 솟구친 퀵이 뒤로 나가떨어진다

가슴에 쟁여진 속도를 울컥울컥
튕겨져 나온 충격은 이내
다리를 웅크리고 하늘을 올려다본다

빌딩 사이를 막 뚫고 나온 다급한 햇살이
따뜻한 입김 불어넣어 보지만
찐득한 선혈 받아 안은 시멘트 바닥
재빨리 퀵을 응고시켜버린다

바쁜 출근길이 바퀴의 바코드를 점검해 나간다
퀵을 가두는 하얀 실루엣이 그려지고
속도를 분리시킨 뺑소니 바람 추적하기 시작한다
달려도 달려도 더 빠른 속도를 갈구하는 퀵

정신없이 서두른 시간이 안전장치 점검하는 일 깜빡했을
까

끈 풀린 헬멧은 도로 저편으로 도망가버리고
머리카락은 속도의 본성을 움켜쥐고
바람이 사라진 방향을 가리킨다

잠시 잠든 토끼처럼
삶과 죽음의 경계 넘나들던
질주의 본능 소환할 듯

꿈속에서도 속도를 깔고 자던 독 오른 허기가
달리던 길 빠져나오지 않으려고 야무지게 굳어간다

안녕하세요 쿠르베 씨*

꽃망울들이 울고 있어요

바람에 옥죄이고 있어요

들길을 연주하던 아름다운 하모니가

불협화음에 찢기고 있어요

고가의 그림 수집가들 앞에서

턱을 당당히 치켜 올리던 쿠르베 씨

투덕걸음이 찍힌 길마다

매끈한 시멘트 길이 발부리를 짓눌러요

홀연히 떠난 발자국은

수없는 봄이 지나도 감감무소식인데

종달새 지저귀는 소리에

부르튼 꽃들의 입술이 아파요

당신의 그림 속에서 봄꽃들이 창문을 두드려요

촉촉한 흙으로 튀어나가고 싶은 저 소리

쿠르베 씨를 부르는 소리

낡은 화구를 어깨에 걸머메고

흙길을 즐겨 걷던 털털한 쿠르베 씨

발이 무거운 햇살에

숨 막혀가는 여린 초록을 뒤적여줘요

온 세상이 누운 채로 굳어지기 전에

들녘의 주인들을 일으켜줘요

* 귀스타브 쿠르베의 그림 제목.

기계 종족

봄은 내가 태어나기 전 물관까지 샅샅이 뒤지나

사천왕보다 더 크게 눈을 부라린 듯

검은 씨앗 속의 싹을 찾아 밀어 올린다

중구난방 머리를 내미는 새싹들

은유와 상징을 통한 무질서마저 완벽하다

이쪽과 저쪽을 에워싼 세상은

기가 막힐 정도로 정교하게 얼크러져

내가 끼어들 틈이 없다

이파리와 이파리가 바람을 일으켜보지만

어제 죽은 이의 입속을 드나들던 숟가락 여전히

살아 있는 사람들 밥상에 올라

나의 계절은 전방도 후방도 없다

유령처럼 획획

자신들의 밥그릇만 정신없이 챙기고 있어

경적 소리 끝난 곳에선 적막만 꾸역꾸역 차오른다

안식처에 관하여

목줄 묶인 말뚝은 컴퍼스의 축

오른쪽으로 돌고 왼쪽으로 돌아 동그라미 그리고 있다

목줄을 끌고 반복해 다니기를 한나절 반

주인은 서울 가고

하루에 한번

옆집 아낙이 퍼주는 사료를 냉큼 파먹고 쳐다보지도 않

는다

밥그릇 맴도는 시장한 햇살

반짝이는 혀로 가장자리 데워놓는다

온 동네가 컹, 컹, 컹 짖는다

옆집 아낙

담장 위로 얼굴 내밀고 지청구해댄다

지청구로 몸을 불린 시간이 늘어나면서

우물처럼 깊어지는 백구의 눈빛

안쓰럽다는 듯

앞마당 감나무 그림자가

머리를 쓰다듬으면

담장 밑 샐비어도 무색해 나날이 얼굴 붉어진다

동그라미 그리다 지쳐

제 집 앞에 다리를 쭉 펴고 드러누워도

주인의 발자국 소리 간절해지나

졸음이 쏟아지는 눈 스르르 감으면서도

꼿꼿이 선 두 귀 누이지 못한다

맥놀이

속을 비워버린 종과 움푹 파인 바닥, 떨리는 가슴 활짝 열어
별들이 흘린 허공 품어주고 있습니다

파란 빛이 망극한 하늘을 가득 채웠듯 넉넉한 울음소리의 무풍지대를 만들어놓고

꽃가루 휘날리고 짙어가는 산빛 여울지면 당목을 힘껏 끌어당겨 당좌를 칩니다

종 아래 분화구가 웁니다 웅장하고 묵직하게 가슴속 묵은 어혈을 토해냅니다

미처 재단하지 못한 울음이 다리를 타고 올라와 하얗게 파문 집니다

꾸역꾸역 차오르던 어둠을 밀어내고 새살 돋는 시공의 오랜 진동을 즐깁니다

허공이 깊을수록 고요도 깊다며 산사의 텅 빈 무게를 나누어 갖는 동안

당목 손잡이가 다시 숨을 가다듬습니다 사그라드는 울음소리에 생기를 불어넣기 위해
빨라진 호흡을 달랩니다

연둣빛으로 물들어가는 첩첩 산기슭을 빗방울이 치고 있습니다

옴마댁

언덕배기 텃밭에 앉아 집까지의 거리를 가늠한다 눈망울
로 길의 태엽을 감았다 풀기를 반복하다가
  늙은 호박 끌어안고 엉덩이를 민다

거친 바닥이 뼈대를 빳빳이 곧추세운다 잠시 주춤거리는
옴마댁, 최상의 궁리를 도모하듯 고개를 갸웃거리다가
  두 손 모아 호박을 굴린다

노란 바퀴가 앞에서 출렁이고 은빛 바퀴가 뒤에서 출렁
인다

옴마 다리야, 옴마 허리야, 척척 들어맞는 호흡

영감님 밥상에 올릴
서대 넣어 끓일
호박찌개 속도가 높아진다

가속을 이기지 못한 호박 꼬꾸라질 듯 비틀거린다 앙상한

손을 뿌리치고 떼구루루

　용케도 집 마당 한가운데 벌러덩 드러눕는다

　옴마댁 굽은 허리 히죽히죽 호박 곁에 쭈그리고 앉는다

　옴마 다리야, 옴마 허리야

　부엌까지 가는 길이 또 아득한 걸까 넝쿨째로 뻗어 나온
한숨 소리가 노랗다

바람난 발자국

아랫목을 차지하고 있던 나비년, 또 밤마실 댕겨온 모양
이구만, 바람난 여편네처럼 몰래 빠져나갔다가 감쪽같이
들어왔능갑구만, 날씨나 좋았으면 욕찌기는 안 나올 것인
디 세상이 꽁꽁 얼어 오들오들 떠는 한밤중에 어디를 끼대
다 들어왔길래 눈 쌓인 마당에 동전 같은 발자국 꾹꾹 찍어
놨구만, 모른 척해불라고 문을 쾅 닫아불기 했는디, 나도 워
낙 궁금증을 참지 못하는 성질이라 나비년 행적을 발밤발
밤 추적해봤구만, 혹여 바람이 나서 동네방네 휘젓고 다녔
으면 얼매나 남세스러운 일이겄어, 인자부터 단속을 할 요
랑이었는디, 아 금매 허물어져가는 아랫집 헛간에 새끼 고
양이들이 옴시랭이 모여 있지 않겄어라, 나비년 닮은 구석
이 있나 없나 몰래 훔쳐보고 있는디 언제 쫓아왔는지 나비
년 몸을 웅크리고 나를 노려보고 있드구만요, 뒷구멍으로
호박씨를 허벅지게 까놓고 앙칼진 얼굴을 치켜들드구만요,
기 싸움을 하려는 듯 눈깔이 튀어나오게 힘을 주다가 새끼
들 곁으로 다가가 무언가를 끌어들이지 않컸어라, 꼭 엊저
녁에 잃어버린 갈치 토막 같아 슬그머니 다가가 살피는디
요망스러운 년 당차게 발톱을 세우고 야옹하지 않컸어라,

하두 하는 짓이 얄미워서 옹통지게 한번 쥐알려줄라다가 나도 모르게 움찔 뒤로 물러서부렀서라, 저렇게 의뭉을 떨 때까정 새까맣게 모른 둔허디둔헌 내 눈치가 백일하에 드러나게 되야뿌렀는디 이를 의째야 쓰겄소, 아래뜸 김씨네 딸년이 시집도 안 간 주제에 입덧을 한다고 이 사람 저 사람 붙들고 있는 흉 없는 흉 나팔을 불어부렀는디, 변명거리를 만들긴 만들어야 헐랑가 으쩔랑가,

물의 경련

붕어가 불렀을까 쏘가리가 불렀을까

강둑에 신발을 가지런히 벗어놓고 뛰어든
작은 손이 허우적거려
허공과 물의 통로를 정신없이 두드려

경직은 생각보다 빨라
다급한 목소리보다 훨씬 더 빨라

고기 떼가 문상한 후에야 동생은 강둑으로 올라왔어
뱃속에 들어찬 빵빵한 강물엔
움켜쥘 뼈가 없다는 걸 뒤늦게 알아차린
아홉 살 망연자실이
내 가슴에 칼금으로 박혀 있어

달이 몸집을 불리며 밤새 앉았다 간 자리
비명 앓는 물비늘의 소용돌이가

살쾡이 눈빛 같은 햇살만 쥐락펴락

누군가 뛰어들면 강물도 자지러지겠지

햇살도 깨뜨리는 물의 경련

파문은 끊임없이 내게로 밀려와
뉘엿뉘엿
봄꽃 같은 앳된 궤적으로 체념을 앞질러

난생설화

억울하면 밤엔 뒷간 가지 말라 하셨지요, 동지섣달 벌벌 떨리는 한밤중인데 대문간에 있는 그곳까지 낸들 가고 싶었 겠습니까, 먹는 것이야 마음대로 할 수 있다지만 느닷없는 생리 현상은 마음대로 하지 못한다는 것을 뻔히 아시면서 부엉이 울음이 뒷덜미를 움켜잡는데, '닭이 밤똥 싸지 사람 이 밤똥 싼다요' 큰 소리로 외치게 하고 절을 세 번씩 하라 시던 지체 높으신 닭님들, 살아 있긴 닭이나 사람이나 마찬 가진데 어째서 닭님은 되시고 사람은 안 된다 하셨습니까, 그렇게 절을 받아 드신 끝이 스스로 무덤을 쌓는 것이었습 니까, 월계관을 쓰시던 머리와 날카로운 발톱은 어쩌다 모 두 잘리셨습니까, 투전판을 휘어잡던 기세등등한 싸움대장 의 기개는요, 닭 모가지를 비틀어도 날은 새는데 기어이 앞 장서서 새벽을 알리시던 검푸른 정신은요,

주몽, 박혁거세, 석탈해, 김알지 같은 난생을 퍼뜨리셨던 닭님들, 시장 가판대에 알몸이 웬 말인가요, 아직도 공손히 절을 올리라구요? 천만에 말씀, 설사 밤에 뒷간을 간다 해 도 이제 그럴 리 없으니 시대 뒤떨어진 희망일랑 접으시고,

제왕님들 체통을 생각하셔서 제발, 알몸 좀 가려주시면 안 되시겠습니까. 차암 보기 그렇습니다요, 지체가 대단히 높으신 척하시던 달구새끼님들,

중심 없는 세계에서 그리는 길 찾기

진순애

1.

　지속성 · 연속성 · 이념성 · 지향성 · 영원성 · 견고성 등으로 중심 있던 세계는 자의성 · 우연성 · 파편성 등의 중심 없는 세계로 해체되었다. 상징의 세계는 역사가 되었고, 역사가 된 상징의 환기력은 이제 무기력하다. 혹은 그 상징적 의의를 상실하였다. 중심 없는 세계에서 역사가 된 상징의 세계를 그리워하며 그 옛길을 찾아가는 시의 세계는 오래된 미래를 환기하는 시의 길이다. 그것은 역사가 되어 오히려 낯선 미래라는 점에서 이율배반적이다. 그럼에도 초월적 세계로도 작용하는, 역사가 된 낯선 미래의 환기력이 무기력할 수만은 없다. 찾아야 하는 혹은 회복되어야 하는 존재근원의 세계인 까닭이다.

　현존하는 시간에서 벗어나 전설로 신화로 민담으로 전승되는 부재하는 것의 현존을 만나는 일은 오래된 미래, 혹은 낯선 미래를 찾아가야만 하는 역설의 비애이다. 그리움으로 그리는 역설의 비애는 중심 없는 세계를 허약하게 공격한다. 비록 그 공격력이 허약할지라도 멈출 수 없는 그리고 멈춰서는 안 되는 시의, 인간의, 존재의 근원적인 길 찾기라는 데 조규남 시가 지닌 특장이 있다.

신이 죽고 인간도 부재하고 그 자리를 로봇인간이 대신한다. 인공지능을 탑재한 로봇인간이 세계의 중심에 그리고 삶의 중심에 있다. '인간의 시대가 거하고 로봇의 시대에 시의 자리는, 그리고 예술가의 자리는 어디에 있는가?'를 자문하도록 하는 조규남 시의 환기력이다. '역사가 된 상징의 세계가 역사 속으로 영원히 묻힐 것인지 아닌지 그것을 좌우하는 일은 누구의 몫인가?' 또한 자문하게 한다. '상실한 길을 복구하기 위해 찾아가는 그리움이 허약한 공격으로만 남을 뿐인가?'에 대한 조규남 시의 환기력인 것이다.

따라서 중심 없는 세계에서 부재중인 것을 그리워하며 찾아가기란 탈시대적이다. 그리움에 내재된 상징성조차 존재 의의를 상실하였으므로 그 탈시대성은 더욱더 확장된다. 그러나 그것은 중심 없는 세계에서 길 찾기를 대신하는 일로서의 존재 의의적 지평과는 반비례적 관계에 있다. 상실한 길, 없는 길을 찾아나서는 일이 중심 없는 세계에서 시인에게 주어진 책무라는 데 시인의 비애도 확장된다.

모래 속에서 새 울음소리가 난다
비닐봉지 구겨지는 소리로 흐느낀다
지표에 내려앉은 충격

겹겹 주름으로 포개놓은 새
물의 날개로 날아와
시냇가 모퉁이 차지하고 있다
목새라 했지!
까마득히 잊어버렸던 말
대대로 유전되다가
아무도 모르게 이지러진 말
주워 담으려면 주르르 흘러버린다
오랫동안 잊고 살아 서걱거린다
목새라 일러줘도
무슨 나무에서 사는 새냐 되물으며
낯설어하는
피가 식어버린 말이
어리둥절 섬을 만들어놓고 외로움 토해낸다
발가락 사이 파고들며 꼼지락 꼼지락 운다
사막의 기억이 뜨겁다

—「목새」 전문

'목새'라는 말도(목새는 물결에 밀리어 한곳에 쌓인 보드라운 모래를 뜻한다고 한다) 그 자연현상도 매우 낯설다. 낯선 것은 미래에서 오는 것이 아니라 한때는 현존했으나 지금, 여기의 부재중인 것에서 온다는 역설을 "목새가 어리둥절 섬을 만들어놓고 외로움 토해"내며 알려준다. 그것은 "모래 속에서 우는 새 울음소리"이며, "비닐봉지 구겨지는 소리로 흐느끼는 울음소리"다. "지표에 내려앉은 충격을 겹겹 주름으로 포개놓은 새"가 "물의 날개로 날아와 시냇가 모퉁이를 차지하고서" 외롭게 울고 있다.

또한 그것은 "까마득히 잊어버렸던 말"이며, "대대로 유전되다가 아무도 모르게 이지러진 말"이다. 이지러진 말이므로 "주워 담으려면 주르르 흘러버리고, 오랫동안 잊고 살아 서걱거리는 말"이다. "목새라 일러줘도 무슨 나무에서 사는 새냐 되물으며 낯설어하는 피가 식어버린 말"인 것이다. '목새'는 외로운 사막의 기억 속에서 홀로 우는 모래 속의 울음소리로 현존한다.

한편, 목새는 역사 속에 묻혀서 지금. 여기에는 부재중이므로 목새의 울음소리 또한 부재중이다. 조규남의 마음속에서 "발가락 사이 파고들며 꼼지락 꼼지락 우는" 울음이다. 뜨거운 사막 같은 기억으로 환기되는 그리운 울음이다. 그리움은, 그리고 울음은 복구하기 위해 시인이 찾아가는 길 찾기의 탈시대적인 노정이다.

꽃망울들이 울고 있어요
바람에 옥죄이고 있어요
들길을 연주하던 아름다운 하모니가
불협화음에 찢기고 있어요
고가의 그림 수집가들 앞에서
턱을 당당히 치켜 올리던 쿠르베 씨
투덕걸음이 찍힌 길마다
매끈한 시멘트 길이 발부리를 짓눌러요
홀연히 떠난 발자국은
수없는 봄이 지나도 감감무소식인데
종달새 지저귀는 소리에
부르튼 꽃들의 입술이 아파요
당신의 그림 속에서 봄꽃들이 창문을 두드려요
촉촉한 흙으로 튀어나가고 싶은 저 소리

쿠르베 씨를 부르는 소리
낡은 화구를 어깨에 걸머메고
흙길을 즐겨 걷던 털털한 쿠르베 씨
발이 무거운 햇살에
숨 막혀가는 여린 초록을 뒤적여줘요
온 세상이 누운 채로 굳어지기 전에
들녘의 주인들을 일으켜줘요

　　　　　　—「안녕하세요 쿠르베 씨」 부분

　시인뿐만 아니라 꽃도 울고 바람도 울고 종달새도 울고 세상도
운다. 한때는 들길을 하모니로 연주하던 "꽃망울들이 바람에 옥죄
면서 울고 있는 불협화음"의 시멘트 길에서 "홀연히 떠난 발자국
은 수없는 봄이 지나도 감감무소식"이다. 그러므로 세상은 누운
채로 굳어가 시인은 "들녘의 주인들을 일으켜주기"를 귀스타브 쿠
르베의 그림을 향해 청원조차 해본다.
　역사가 돼버린 「안녕하세요 쿠르베 씨」 속의 쿠르베한테 보내는
청원의 의미는 무엇인가? 그림 속의 봄꽃처럼 시멘트에 갇혀버린
"봄꽃들이 촉촉한 흙으로 튀어나가고 싶다고 쿠르베 씨를 부르는"
활유는 "들녘의 주인들"이 누구인지를 새삼 환기시킨다. 그러나
그 파장은 멀리 가지 못한다. 아니 멀리 갈 것 같아 보이지 않는다.
중심 없는 세계의 주인은 「안녕하세요 쿠르베 씨」 속의 풍경이 아
니라 로봇인간인 까닭이다.
　"벽과 맞닥뜨린 담쟁이/손가락 벋어 얼기설기 그물을 친다/섬모
처럼 돋아나는 아픔//단단한 벽에 구멍이 뚫려도/그물벽을 턱 삼
아 허공을 넘겠다며/필사적인 계절의 정점을 향해 치닫는다//…

(중략)…//뜨거운 태양에도, 차가운 달빛에도/끄떡없는 표정/오로지 한길을 향해 간다"(「담쟁이의 표정」에서)는, 그럼으로써 "연둣빛 촉수가 반짝이는" 담쟁이의 표정이 만들어지는 것처럼 무감동하고 무감각한 로봇인간의 시대에도 생명의 원리는 그러하다는 조규남의 항변이다. 조규남이 찾아가는 길의 종착지는 생명의 원리, 생명의 근원을 되돌리려는 데 있다.

2.

보도블록에 힘줄이 솟는다 밑동을 싸맨 플라타너스 봄기운 어쩌지 못해 쩍, 시멘트 자궁을 열고 타박한 새순 밀어낸다

익숙한 의자에 걸터앉듯 차가운 블록에 몸을 기댄 연두

마침표도 모르고 이음표도 모른다 가식이나 위선은 더더욱 모른다

국경을 넘어온 새의 노랫소리 머리 위를 맴돌 때 취객이 토해놓은 속 뒤집어쓰고

몸부림친 자리

노루 꼬리 해가 키를 늘려도 연두는 모른다 있어도 그만 없어도 그만인 군식구라는 것을

그래서 꼼지락꼼지락 주먹을 펴고 발걸음 내딛는다

노점상 리어카가 바람막이다

　　허리 부려져 나둥그라지지 않도록, 행인들 발길에 차이지
않도록, 추위 가시지 않은 여린 잎에 봄볕 낭자하도록
　　경계주의보 긋는다

　　날마다 쑥쑥

　　실직한 쌍둥이 아빠 리어카 밑에서는 미혼모 여동생의 딸
연두가 해맑게 자라고 있다
　　　　　　　　　　　　　　　　　　—「연두는 모른다」 전문

　　"노루 꼬리 해가 키를 늘려도 있어도 그만 없어도 그만인 군식
구라는 것을 연두는 모른다"의 '연두'는 중의적이다. "보도블록 틈
에 힘줄이 솟는다 밑동을 싸맨 플라타너스, 봄기운 어쩌지 못해
쩍, 시멘트 자궁을 열고 타박한 새순 밀어낸다"의 연두와 "익숙한
의자에 걸터앉듯 차가운 블록에 몸을 기댄 연두"의 연두는 다르면
서도 같다. 그것은 생명력의 새순이라는 유사성 혹은 공통성으로
같고, 플라타너스의 새순 연두와 보도블록에 몸을 기댄 애기 연두
라는 점에서 다르다.
　　"허리 부려져 나둥그라지지 않도록, 행인들 발길에 차이지 않도
록, 추위 가시지 않은 여린 잎에 봄볕 낭자하도록 경계주의보 긋
는", 그리고 "날마다 쑥쑥" 크는 혹은 커야 한다는 점에서 새순 연
두와 애기 연두는 다를 수가 없다. 생명의 근원인 까닭이다. 경직
된 로봇인간의 시대에 양 '연두'는 행인들 발길에 차이는 신세라는

점에서 또한 유사하다. 그 유사성이 비애를 낳는다.

로봇인간의 시대에 인간은 거세된 자이자 소외된 자이다. 소외된 자로서의 시인의 초상화를, 나아가 예술가의 초상화를 연두가 대변하고 있다. 중심 없는 세계에서 소외된 것은 시인이나 예술가나 인간에 국한되지 않는다. 그것은 연두로 대변되는 근원적인 것들로 확장된다. "보도블록에 힘줄이 솟는다 밑동을 싸맨 플라타너스 봄기운 어쩌지 못해 쩍, 시멘트 자궁을 열고 타박한 새순 밀어" 내는 연두처럼, 그리고 "실직한 쌍둥이 아빠 리어카 밑에서는 미혼모 여동생의 딸 연두가 해맑게 자라는" 연두처럼 근원적인 것들은 소외됐어도 그 근원의 존재성을 상실할 수 없다는, 아니 상실해서는 안 된다는 조규남의 외침이다.

봄은 내가 태어나기 전 물관까지 샅샅이 뒤지나

사천왕보다 더 크게 눈을 부라린 듯

검은 씨앗 속의 싹을 찾아 밀어 올린다

중구난방 머리를 내미는 새싹들

은유와 상징을 통한 무질서마저 완벽하다

이쪽과 저쪽을 에워싼 세상은

기가 막힐 정도로 정교하게 얼크러져

내가 끼어들 틈이 없다

이파리와 이파리가 바람을 일으켜보지만

—「기계 종족」부분

　인간이 거세된 시대에 자연도 거세되었듯 근원적인 것들은 모두 거세되었다. "중구난방 머리를 내미는 새싹들//은유와 상징을 통한 무질서마저 완벽"한 근원의 생명력이 거세되었다. 무질서마저 완벽했던 근원은 질서의 근원이다. 그러나 질서의 근원인 무질서가 거세된 세계에서 현존하는 것은 경적 소리와 유령 같은 적막뿐이다. 기계 종족의 세계처럼 경직된 로봇 인간의 세계가 낳은 적막이다.

　그럼에도 여전히 "봄은 내가 태어나기 전까지 물관을 샅샅이 뒤지나//사천왕보다 더 크게 눈을 부라린 듯//검은 씨앗 속의 싹을 찾아 밀어 올린다". 여전히 여전한 것이 있어서, 비록 부재중인 것처럼 은폐된 길 속에서도 여전한 것은 마땅히 해야 할 일을 한다. 시인의 길도, 예술가의 길도, 인간의 길도 마땅히 그러한 데 있다. 근원적인 것이 부재가 아니라 현존할 때, 기계 종족도 현존의 자리를 차지할 수 있으리라는 역설을 타진해본다.

3.

내 발도 하늘을 문질러본 기억이 있다
나무 이파리처럼 시원하게 흔들리며
하늘에 발자국을 찍어본 일이 있다

바람이 건들대며 쓰다듬고 지나가면
구름도 덩달아 내 발 슬쩍 신어보고
도망가던 자국이 자꾸 간지럽다
운동장 놀이기구에 몸을 기대고 물구나무섰을 때
아무리 참으려 해도
거꾸로 몰린 피의 무게
감당하지 못하고 쿵
내려왔던 하늘이 되돌아가 버리자
또다시 온몸 받히며 살아가는 내 발
지금도 이파리가 되었던 짧은 시간에 사로잡혀 살아간다
누워 뒹굴면서도 무심히 하늘을 더듬어보고
걸어 다닐 때도 바람을 느끼고 싶어 발꿈치 들썩인다

—「구름 사촌」 부분

로봇인간의 시대에 신화의 세계, 동화의 세계와 같은 존재의 근
원성은 상실한 세계가 돼버린 지 오래다. 상실했으므로 부재중인
세계는 단지 "나무 이파리처럼 시원하게 흔들리며 하늘에 발자국
을 찍어본 기억"으로만 살아 있다. "지금도 이파리가 되었던 그 짧
은 기억에 사로잡혀 살아가며, 누워 뒹굴면서도 무심히 하늘을 더
듬어보고 걸어 다닐 때도 바람을 느끼고 싶어 발꿈치 들썩이게"
하는 힘으로만 부재중인 세계의 기억은 작용한다.

기억의 힘은 신화의 힘이고, 동화의 힘이다. 까마득히 잊힌 세
계가 돼버린 시간이 무의식적으로 분사하는 기억의 위력인 것이
다. 그것은 중심 없는 세계를 떠받치고 밀어올리는 살아 있어야
할 근원의 세계이다. 그것은 "발이 간지러운 가로수가 몸을 비튼
다/아무리 걸어도 굳은살 한 점 박이지 않은/부드러운 초록 발/수

많은 발바닥 활짝 펴 하늘을 닦는다"는 나무의 근원성과 같다. 그것은 "쑥은 내 뿌리, 잘라내도 끈질기게/새잎 밀어 올린다"는, 그리고 "눈도 뜨기 전에/세상을 보려 했던 성급한 머리/좌충우돌 부딪쳐도/고개를 빳빳이 치켜세우고 살아가는"(「쑥쑥」) 쑥처럼 근원적인 존재성이다. "쓰디써도 뿌리만은 잊지 말라는 듯/짙은 향내로 쑥쑥 머리를 내미는" 쑥이 지닌 불변하는 힘과 같은 것이다.

그것은 해의 신, 달의 신, 땅의 신, 나무의 신, 봄의 신, 바위의 신처럼 우주만물에 신성성이 깃들어 있던 신화 시대의 기억이다. 남자와 여자들은 수백 년씩 살았고, 절대로 늙지도 않았으며, 잘생긴 용모와 젊음을 유지했던 황금시대의 신화이다. 햇살, 공기, 물, 부드러운 풀, 푸른 하늘, 과일과 꽃 등 모든 사람은 자연이 그들에게 주는 모든 것을 함께 나누었던 시절! 모든 사람은 서로의 친구였고, 아무도 욕심을 부리지 않았던 황금시대의 신화가 지닌 환기력이다. 그것은 나무와 인간, 동물과 인간, 세계와 인간, 지상과 천상이 일체가 되어서 교감하고 교류하던 동화의 세계로서 인간의 기억을 지배한다. 경직된 로봇인간의 시대에도 그 기억의 힘이 무의식적으로 작용하여 인간을 인간으로 살아가게 한다. 그것은 "지금도 이파리가 되었던 짧은 시간에 사로잡혀 살아가는" 인간이 구름의 사촌이었던 시대를 환기하게 하는 세계이자 중심 없는 세계를 지탱해주는 본질적인 힘이다.

陳順愛 | 문학평론가

푸른사상 시선

1 광장으로 가는 길 | 이은봉 · 맹문재 엮음
2 오두막 황제 | 조재훈
3 첫눈 아침 | 이은봉
4 어쩌다가 도둑이 되었나요 | 이봉형
5 귀뚜라미 생포 작전 | 정원도
6 파랑도에 빠지다 | 심인숙
7 지붕의 등뼈 | 박승민
8 살찐 슬픔으로 돌아다니다 | 송유미
9 나를 두고 왔다 | 신승우
10 거룩한 그물 | 조항록
11 어둠의 얼굴 | 김석환
12 영화처럼 | 최희철
13 나는 너를 닮고 | 이선형
14 철새의 일인칭 | 서상규
15 죽은 물푸레나무에 대한 기억 | 권진희
16 봄에 덧나다 | 조혜영
17 무인 등대에서 휘파람 | 심창만
18 물결무늬 손뼈 화석 | 이종섶
19 맨드라미 꽃눈 | 김화정
20 그때 나는 학교에 있었다 | 박영희
21 달함지 | 이종수
22 수선집 근처 | 전다형
23 족보 | 이한걸
24 부평 4공단 여공 | 정세훈
25 음표들의 집 | 최기순
26 나는 지금 운전 중 | 윤석산
27 카페, 가난한 비 | 박석준
28 아내의 수사법 | 권혁소
29 그리움에는 바퀴가 달려 있다 | 김광렬
30 올랜도 간다 | 한혜영
31 오래된 숯가마 | 홍성운
32 엄마, 엄마들 | 성향숙
33 기룬 어린 양들 | 맹문재
34 반국 노래자랑 | 정춘근

35 여우비 간다 | 정진경
36 목련 미용실 | 이순주
37 세상을 박음질하다 | 정연홍
38 나는 지금 외출 중 | 문영규
39 안녕, 딜레마 | 정운희
40 미안하다 | 육봉수
41 엄마의 연애 | 유희주
42 외포리의 갈매기 | 강 민
43 기차 아래 사랑법 | 박관서
44 괜찮아 | 최은묵
45 우리집에 왜 왔니? | 박미라
46 달팽이 뿔 | 김준태
47 세온도를 그리다 | 정선호
48 너덜겅 편지 | 김 완
49 찬란한 봄날 | 김유섭
50 웃기는 짬뽕 | 신미균
51 일인분이 일인분에게 | 김은정
52 진뢰로 간다 | 김도수
53 터무니 있다 | 오승철
54 바람의 구문론 | 이종섶
55 나는 나의 어머니가 되어 | 고현혜
56 천만년이 내린다 | 유승도
57 우포늪 | 손남숙
58 봄들에서 | 정일남
59 사람이나 꽃이나 | 채상근
60 서리꽃은 왜 유리창에 피는가 | 임 윤
61 마당 깊은 꽃집 | 이주희
62 모래 마을에서 | 김광렬
63 나는 소금쟁이다 | 조계숙
64 역사를 외다 | 윤기묵
65 돌의 연가 | 김석환
66 숲 거울 | 차옥혜
67 마네킹도 옷을 갈아입는다 | 정대호
68 별자리 | 박경조

69 **눈물도 때로는 희망** | 조선남

70 **슬픈 레미콘** | 조 원

71 **여기 아닌 곳** | 조항록

72 **고래는 왜 강에서 죽었을까** | 제리안

73 **한생을 톡 토독** | 공혜경

74 **고갯길의 신화** | 김종상

75 **고개 숙인 모든 것** | 박노식

76 **너를 놓치다** | 정일관

77 **눈 뜨는 달력** | 김 선

78 **거꾸로 서서 생각합니다** | 송정섭

79 **시절을 털다** | 김금희

80 **발에 차이는 돌도 경전이다** | 김윤현

81 **성규의 집** | 정진남

82 **번함 공원에서 점을 보다** | 정선호

83 **내일은 무지개** | 김광렬

84 **빗방울 화석** | 원중태

85 **동백꽃 편지** | 김종숙

86 **달의 알리바이** | 김춘남

87 **사랑할 게 딱 하나만 있어라** | 김형미

88 **건너가는 시간** | 김황흠

89 **호박꽃 엄마** | 유순예

90 **아버지의 귀** | 박원희

91 **금왕을 찾아가며** | 전병호

92 **그대도 내겐 바람이다** | 임미리

93 **불가능을 검색한다** | 이인호

94 **너를 사랑하는 힘** | 안효희

95 **늦게나마 고마웠습니다** | 이은래

96 **버릴까** | 홍성운

97 **사막의 사랑** | 강계순

98 **베트남, 내가 두고 온 나라** | 김태수

99 **다시 첫사랑을 노래하다** | 신동원

100 **즐거운 광장** | 백무산·맹문재 엮음

101 **피어라 모든 시냥** | 김자흔

102 **염소와 꽃잎** | 유진택

103 **소란이 환하다** | 유희주

104 **생리대 사회학** | 안준철

105 **동태** | 박상화

106 **새벽에 깨어** | 여국현

107 **씨앗의 노래** | 차옥혜

108 **한 잎** | 권정수

109 **촛불을 든 아들에게** | 김창규

110 **얼굴, 잘 모르겠네** | 이복자

111 **너도꽃나무** | 김미선

112 **공중에 갇히다** | 김덕근

113 **새점을 치는 저녁** | 주영국

114 **노을의 시** | 권서각

115 **가로수의 수학 시간** | 오새미

116 **염소가 아니어서 다행이야** | 성향숙

117 **마지막 버스에서** | 허윤설

118 **장생포에서** | 황주경

119 **흰 말채나무의 시간** | 최기순

120 **을의 소심함에 대한 옹호** | 김민휴

121 **격렬한 대화** | 강태승

122 **시인은 무엇으로 사는가** | 강세환

푸른사상 시선 123

연두는 모른다